GILBERT DELAHAYE
MARCEL MARLIER

martine

fête son anniversaire

CASTERMAN

Dans quelques jours, Martine va fêter son
anniversaire. À cette occasion, maman a dit :
– Nous ferons une jolie fête dans le jardin.
Tu devrais envoyer les invitations.
Et voici ce que Martine écrit à ses petits amis :

"Martine vous invite à fêter
son anniversaire à la maison
mercredi prochain.
Elle sera très heureuse de vous
recevoir. Il y aura de la musique,
des jeux et une surprise."

Pour n'oublier personne, Martine a dressé
avec soin une liste d'adresses. Il ne reste plus
qu'à les inscrire sur les envelopppes.
– As-tu invité ton amie Françoise ? demande
la maman de Martine.
– Oui, et aussi son petit frère Philippe.

Tous les amis de Martine ont répondu à son invitation.

Cela fera une grande fête à la maison.

Il est temps de commencer les préparatifs.

– Regarde la jolie robe que je suis en train de faire pour toi,

dit la maman de Martine. Veux-tu l'essayer ?

– Bien sûr ! Je suis contente.

– Attention. Il y a des épingles. Ne bouge plus maintenant…

La robe ira vraiment bien.

Patapouf, lui, préfère aller jouer dans le jardin.

Il rejoint Jean, occupé à construire un stand pour les attractions :

– Attention, Patapouf, n'attrape pas une planche sur la tête !

– Bonjour les amis, dit un petit voisin qui arrive avec des tentures.

– Voilà des drapeaux et des guirlandes.

Pendant ce temps, Martine est allée chez la coiffeuse.

Elle a pris rendez-vous comme sa maman et on lui a réservé sa place. La coiffeuse se dépêche, car elle sait bien que Martine a encore beaucoup de choses à faire à la maison. Vous pensez bien qu'on ne fête pas tous les jours son anniversaire.

– Assieds-toi sous le casque, dit-elle à Martine. Ce ne sera pas long. Tu verras comme tu seras bien coiffée.

À la maison, les préparatifs s'achèvent.

Reste à garnir le gâteau de la fête.

Martine rentre de chez la coiffeuse. Vite,

elle met son tablier pour assister maman.

Elle verse la crème sur le gâteau.

– Maintenant nous allons mettre

les fruits confits… Et surtout,

n'oublions pas les bougies…

Le jour fixé pour la
fête est arrivé. Tout est
fin prêt : les gâteaux, le jardin.
C'est une chance qu'on n'ait rien
oublié.
La porte est ouverte pour recevoir
les amis.
– Joyeux anniversaire,
Martine…
– Nous t'offrons un joli bracelet,
dit Françoise.
– Et voici une boîte à
ouvrage et un stylo.

Martine est très heureuse et remercie ses petits amis. On s'embrasse.

Tout le monde est content.

Allons voir qui a sonné…

C'est le fleuriste. Il apporte un bouquet de roses pour Martine.

Qui a fait envoyer ces jolies fleurs ? Nous allons le savoir.

Il y a une carte de visite dans le bouquet. Sur la carte, il est écrit :

" Heureux anniversaire à Martine.
Avec les bons baisers de ta marraine et de ton parrain."

Dans le jardin, la fête commence pour de bon.

Savez-vous jouer à colin-maillard ?

On noue un mouchoir devant les yeux de Martine.

Elle doit attraper ses amis.

Attention… attention… c'est Jean qui est pris.

Il met le mouchoir à son tour. Tout le monde s'enfuit.

Voici le stand des attractions.

Qui sait abattre d'un seul coup la pyramide de boîtes de conserve ?

Et pêcher la bouteille avec un anneau ?

– Moi, moi, dit un petit garçon… Regardez, j'ai gagné un polichinelle
en peluche et ma sœur, une souris mécanique.

Pour fêter l'anniversaire de sa maîtresse, Patapouf a préparé
un numéro savant. Pendant huit jours, il a fait des exercices.
Voyez ce qu'il sait faire maintenant.

Il se tient sur ses pattes de derrière pendant que Martine
compte jusqu'à douze. Ou bien il danse à la corde et saute
après la balle. C'est un chien extraordinaire.

On l'applaudit bien fort.

Pendant que Patapouf terminait son numéro,

Martine est allée chercher son tablier blanc.

C'est elle qui va servir des rafraîchissements.

– Voici de l'orangeade.

– Moi, je préfère la grenadine.

Jean a mis son costume de pâtissier.

– Qui veut des petits fours et des pommes

au sirop ?

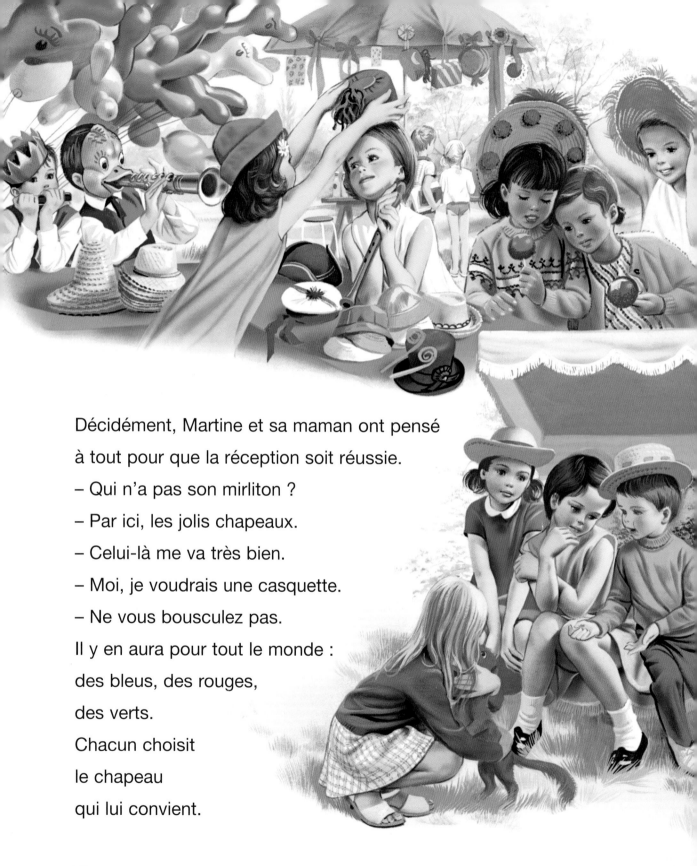

Décidément, Martine et sa maman ont pensé
à tout pour que la réception soit réussie.

– Qui n'a pas son mirliton ?

– Par ici, les jolis chapeaux.

– Celui-là me va très bien.

– Moi, je voudrais une casquette.

– Ne vous bousculez pas.

Il y en aura pour tout le monde :
des bleus, des rouges,
des verts.
Chacun choisit
le chapeau
qui lui convient.

À présent, place à la musique.
Oh, le joli tourne-disque ! C'est le papa
de Martine qui le lui a offert.
– Qu'allons-nous jouer ?
– Une marche militaire, dit Jean.
– Non, réplique Martine,
ce n'est pas de la musique
pour les filles.
– Mettons une farandole.
Ce sera mieux.

– Venez danser la ronde avec nous.

– Attendez, je perds ma perruque.

On a mis Patapouf au milieu de la farandole.

Il pleut des confettis. Les serpentins volent.

Le disque ne s'arrête pas de jouer de la musique.

On a la tête qui tourne, tourne…

– On s'amuse rudement, à la fête de Martine, dit un garçon avec
un faux nez.

– Oh oui alors, répond une petite fille.

Le soir commence à tomber. Dans le jardin, on allume les lanternes
vénitiennes. La maman de Martine appelle tous les invités autour
de la table où sont préparés le gâteau et les friandises.
D'un seul coup, Martine souffle toutes les bougies.
– Joyeux anniversaire, crient ses amis.
Chacun reçoit sa part de gâteau.
Mais il y a encore une autre surprise…

… celle que le papa de Martine a préparée dans le plus grand secret. C'est un feu d'artifice miniature avec des feux de Bengale et des soleils qui tournent à toute vitesse en crachant des étincelles. Des pétards claquent par ici. Une fusée siffle par là.

Patapouf n'est pas très rassuré. Heureusement que Martine l'a pris dans ses bras.

Les enfants, eux, sont ravis…

Ainsi s'achève une agréable soirée.

Il est l'heure de rentrer à la maison. Dépêchons-nous, sinon,

la prochaine fois, les petits amis ne pourront plus venir fêter

l'anniversaire de Martine.

http://www.casterman.com
D'après les personnages créés par Gilbert Delahaye et Marcel Marlier / Léaucour Création.
Achevé d'imprimer en janvier 2014, en Italie par Lego. Dépôt légal : mars 2002 ; D. 2002/0053/43.
Déposé au ministère de la Justice, Paris (loi n° 49.956 du 16 juillet 1949 sur les publications destinées à la jeunesse).
ISBN 978-2-203-10153-1
L.10EJCNCF4143.C014